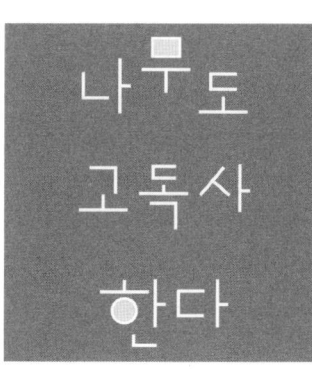

나무도
고독사
한다

작은숲시선 047

나무도 고독사 한다

2026년 4월 6일 제1판 제1쇄 발행

지은이	박우현
펴낸이	강봉구

펴낸곳	도서출판 작은숲
등록번호	제406-2013-000081호
주소	경기도 파주시 와석순환로 307, 1107-101
전화	070-4067-8560
팩스	0505-499-8560
홈페이지	http://www.littleforestpublish.co.kr
이메일	littlef2010@naver.com

ⓒ 박우현

ISBN 979-11-6035-170-5 03810
값은 뒤표지에 있습니다.

작은숲시선 047

박우현 시집

나무도 고독사 한다

나무도
고독사
한다

작은숲

누구나 자기 '쪼대로' 살고

자기 '쪼대로' 시를 쓴다.

읽히지 않는 시가 무슨 의미가 있나?

오래전부터 그런 생각을 하고 있다.

그래서 나는 비교적 짧고, 쉽게 읽히면서, 나름 의미 있는 시를 지향하고 있다.

조재도 시인은 이런 경향의 시를 대중시라고 부르고 있다.

'대중'이라는 말이 탐탁지 않지만 더 적당한 용어도 없어 보인다.

나는 최근에 이런 시를 쓰는 것이 아니다.

난 처음부터 이런 시밖에 쓸 줄 몰랐다.

앞으로도 그럴 것 같다.

2026년 2월

차례

1부 | 봄이 오는 길섶에서

2부 | 모든 고독사는 심연이다

3부 | 어떤

4부 | 얼마나 운이 좋은가

1부 | 봄이 오는 길섶에서

정인(2019. 6. 10~2020. 10. 13)에게

매화꽃이 봄의 눈이라면
살구꽃이 봄의 귀라면
꽃다지는 봄의 손톱쯤 되랴
꽃마리는 봄의 발톱쯤 되랴
하찮은 신체가 없듯이
하찮은 꽃도 없다
사람의 꽃 아이들이야
어떻게 다 말로 할 수 있으리

봄이 오는 길섶에서
눈물꽃 정인이 보고 싶구나
연두의 정인이 보고 싶구나
봄의 손 잡고 걸어오는 정인이 보고 싶구나

그즈음 어느 산기슭

정인이 쏙 닮은 봄맞이꽃 하나
피 -어-나-고 있다

모감주나무

모감주나무를 좋아한다
다른 이유 없다
그 이름이 좋아서다
누구처럼 첫사랑이 떠올라서도 아니고
여름꽃나무의 알짬이라서도 아니고
나무의 효능 때문은 더더구나 아니다
6월 말쯤 노란 꽃이 피면
아들이 좋아하는 감주를 늘 만들어 주신
우리 엄마가 생각나는
사소한 이유 때문이다

사람은 가고 미안함과 그리움은 남아
여기까지 쓰고
산길을 털레털레 걸었다
지은 죄 많아
울면서 걸었다

아쪼그리

우리 딸아이 네 살이었을 때
어린이집에 첫날 다녀와 하는 말이
"아쪼그리"
'어쭈구리'라는 말이 유행하던 때였다
순간 웃음들이 폭죽처럼 사방으로 흩어지고
집 안이 환해졌지
덤으로 국어선생인 아비에게 모음조화의 생생한 예 하
나 선물했지

한송이 '아쪼그리'라는 꽃을 든 아이가
그림이 되어 액자 속으로 들어간다
누구에게는 세상에서 가장 아름다운
사진 없는 인생샷

여든

지하철을 타고 시내 가는 길
한 떼의 할매들이 성당못역에서 올라 타신다
갑자기 날아온 한 무리 흰머리오목눈이.
모두 여든은 넘어 보인다
자리를 양보하고 서서
할매들의 얼굴을 차례로 바라본다
오래된 다기잔에 나 있는 금 같은 자글자글한 주름살,
이가 빠져 합죽한 입, 억새빛 머리, 고만고만한 작은 키
파도에 닳은 동글동글한 조약돌.
신기하게도 모두 다 들꽃같이 귀엽다
주름살이 많을수록 더 귀엽다
웃는 얼굴은 더더욱 귀엽다
어디 그들뿐이랴
내가 본 여든이 넘은 많은 할매들이 그랬다

여든이 넘어야 진정 할매가 된다

뺑덕어미도 할매가 되면 귀여워지리
여든,
여자가 다시 꽃이 되는 나이

앞집 사람

벨소리에 나가보니
앞집 여자다
혼자 살기 너무 외롭고 무서워
이사 간단다
20년 이상 같은 동, 같은 층 마주보며 살았는데
그리 친했다고 말은 못해도 만나면 인사하고 그랬는데
몇 달 전 남편이 세상 떴단다
그쪽에서 알려주지 않아서 그랬는지
내가 무심해 그랬는지
아파트의 구조적 문제인지 장례문화의 변화 때문인지
나는 몇 달 동안 그가 죽은 지도 몰랐다
하여튼 앞집 남자는 간이 나빠져 하늘나라 가버렸다 하고
여자는 팔리지도 못한 집을 두고 이사 한단다
내가 무엇을 잘못했는지 딱히 모르겠는데
난 자꾸 미안하고 부끄러워졌다

나의 첫*

10살 즈음 어느 날이었으리
이병놀이** 하면서
먼 길을 돌고 돌아 골목길을 거쳐 우리 동네 공터에 도착했더니
저녁 어스름도 지나
같이 놀던 아이들은 다 집에 돌아가 버리고
어른 키 만한 아주까리만 어둠 속에서 바람에 흔들리고 있었다
모두 후퇴해버린 전쟁터에 나 혼자만 남아 있었다
나의 첫 외로움은 그렇게 왔으리라
아주까리가 처연히 날 바라보았던가
긴 손을 내게 내밀었던가
내가 알게 된 첫 식물 이름도 아주까리였을 것이다
그때 아들을 찾아나선 엄마는 날 보고
웃었던가 화를 냈던가

지금은

다 어디로 갔을까

모든 첫은 점멸등처럼 깜빡거린다

* 김혜순 시집 『당신의 첫』 제목 패러디
** 아이들의 군대적 특성을 가진 전쟁놀이.
이병놀이는 동네 골목길을 무대로 벌어지는 아이들의 다양한 놀이 중
참여 인원도 가장 많았고 활동 범위도 가장 넓었으며, 놀이 방식과 규
칙도 가장 복잡했고 체력 소모도 가장 심했으며, 소요 시간도 가장 긴
인상 깊었던 놀이(『행복창고 추억여행』, 박인권. 292쪽 인용)

trouble maker

현아와 장현승이 부르는 노래
언제 들어도 마음 끌리지
도입부의 휘파람소리 그들의 춤보다도 섹시하지
trouble maker
우리 말로는 사고뭉치
여기에도 급級이 있고
어딜 가나 하나씩은 다 있지
그 나라에도 한 쌍의 바퀴벌레 있었지
맨날 사고를 쳤지
노래는 노래일 뿐
온 나라가 거덜나고 있었지

사마르칸트의 처용

사마르칸트에 간 적이 있다
우즈베키스탄 고대도시, 실크로드의 요충지
처용의 고향 같은 곳
신라의 달밤 같은 기시감이 느껴지는 곳
여행 첫 날 잠은 오지 않고 처용이 자꾸 떠오른다

이곳 아프라시압 궁전 벽화에는
조우관*을 쓰고 환두대도**를 찬 두 명의 고구려 사신
이 그려져 있다
고구려 사신이 이곳에 왔듯이
이곳에서 실크로드를 따라 한반도로 간 사람도 드물지
않았을 것이다
고구려의 고분벽화에는 서역인들이 많이 그려져 있다
신라의 왕릉 무인석상***과 토용****에도 서역인의 모습
이 보인다
처용도 그런 사람 중 한 명이었을 것이다
신라에 와서 벼슬을 얻고 결혼도 했을 것이다

〈처용가〉는 어떻게 해서 만들어졌을까?

처용이 간통의 현장을 목격하고도

처음부터 아내와 신라 유력자(삼국유사에는 역신으로

나온다)에게 관대했을까

그런 남편이 세상에 어디 있으리

그도 처음에는 세포 하나하나가 칼에 베인 듯 아프고

눈이 뒤집히고 분노하고 발광했을 것이다

허나 어쩌랴

그가 아무리 기골이 장대하고 눈썹이 짙고 자존심이 아

라비아

최고급 카펫 가격처럼 세다 하더라도 중과부적이요,

그의 고함 소리가 담을 넘어 경주 월성을 쩡쩡 울려도

아무도 그가 내뱉는 말을 알아먹을 수 없었음에랴

술주정으로 취급당했을 것이다

그는 실크로드의 강자였지만 신라에서는 어쩔 수 없는

소수자요 약자였다

진실은 의외로 단순하다

그후 그는 신라말을 배우기 시작한다
그리고 마침내 처용가를 완성한다
마음을 시와 노래로 표현했을 때 그는 이해되기 시작
한다
신라인들은 그의 원통함과 분노와 용서를 받아들인다
신라는 개방사회였고 신라인들은 인종차별을 하지 않
았다
처용가는 경주에서 아니 신라에서 가장 유명한 유행가
의 하나가 되었다
그는 마침내 역병 담당 신의 위치에까지 오른다
훗날 일연스님은 이를 삼국유사에 기록한다

여기까지 오니 이제 잠이 온다

다시 시간이 흐르고

지금은 코로나 시대
역병을 다스릴 자, 처용은 어디 있나?

삼인행三人行*

친구 셋이
밀양 표충사에 간다
올해 처음 그 나이가 되니 입장료 3000원이 무료다
기분이 묘해 어색한 우리를 보고
재약산 나무들이 빙긋이 웃는다

나잇값이 헐한 시 한 편 값보다도 훨씬 적고 적지만
그래도 적은 돈 아니다
김밥 한 줄 사도 500원이 남고
가래떡 한 줄 반을 살 수 있다

오르고 내리는
가을산이 눈물이 날 만큼 아름답지만
인생은 짧고
산은 많고 많으니
이곳에 언제 또 다시 올 수 있으리오

현자들은 충고하지
세상사 의식하되 판단하지 말아야 마음의 거장이 된다고
우리도 그걸 아는 나이가 되었지만
마음만은 시인이라
기꺼이
혹은 어쩔 수 없이
판단하고 기뻐하고 슬퍼하고
풍진風塵에 부대낀다
서로가 서로에게 배우고 물든다

* 삼인행 필유아사三人行 必有我師(세 사람이 길을 가면 반드시 나의 스
승이 있다는 뜻. 논어論語 술이편述而篇)에서 가져옴.

내가 좋아하는 여자

체념하고 기다릴 줄 아는 〈가시리〉 같은 여자
질투하고 원망할 줄 아는 〈서경별곡〉 같은 여자
"나를 버리고 가시는 님은 십리도 못 가서 발병난다"는
나운규의 〈아리랑〉 같은 여자
"정든 님이 오셨는데 인사를 못해 행주치마 입에 물고
입만 방긋"하는 〈밀양아리랑〉 같은 여자
이루어질 수 없는 사랑에 슬픈 〈운영전〉의 운영이 같
은 여자
〈박씨부인전〉의 박씨부인같이 지혜롭고 호연지기가
있는 여자
춘향같이 적극적이고 치열한 여자
그리고 〈이생규장전〉의 최랑같이 죽어 귀신이 된 여자

각자의 이유로
하나같이 씀바귀처럼 귀엽고
괭이밥처럼 사랑스럽다

이런다고 내가 시대를 거꾸로 사는 반동은 아니겠지요?
내가 마초는 아니겠지요?

길고양이처럼

아파트 경노당 지붕 위는 그들의 아지트다.
걸어다니는 놈, 가만히 앉아 쉬는 놈, 사랑을 나누는 놈
유유자적이다.
걱정이 보이지 않는다
우울이 보이지 않는다.
생生의 고수들
생은 저렇게 살아야할지도 모른다.
길고양이가 하는 것은 딱 3가지
먹는 것
자는 것
사랑하는 것.
재미있는 친구들이야
팔자 좋은 종자들이야.
더러는 로드킬 당하지만
더러는 배가 고파 울지만
배만 채워진다면

천상병류 혹은

에피쿠로스학파의 살아남은 후예들이 틀림없어 보인다.

우리 모두는 우연히 우주의 먼지에서 왔다가 우연히 우주의 먼지로 사라진다.

그 사이를 저렇게 온전히 生을 즐길 수 있다면.

여차에서

방금 겨울 파카 벗은 거제도 여차 몽돌해수욕장
파도와 몽돌이 만나는 소리를 달팽이 닮은 군소 한 마
리 듣고 있다
차르르 차르르
고음의 휘파람 소리가 나고 있었다
봄이 오고 있었다
여덟 개의 섬으로 된 병대도 앞까지 봄이 진군해 있었다
계절이 바뀌듯
밀물이 썰물로 바뀌고 있었다
해조음이 그 뒤를 따라가고 있었다
시절인연 하나 끝나가고 있었다
밀려간 파도는 다시 돌아올까
광대나물과 봄까치꽃이 발치에서
작은 눈 뜨고
이별에 서툰 그들을 바라보고 있었다

센티멘탈리스트

내게도 마르지 않는 눈물샘 하나 있다
이름만 불러도
이름만 들어도
눈물이 나는 두 사람이 있다
우리 엄마 정임이와 아기꽃 정인이
명배우들은 감정만 잡아도 눈물이 난다는데
나도 이때만큼은 배우가 된다
이름만 불러도 이름만 들어도
언제 어디서나 눈물이 난다
밥 먹다가도 머리 감다가도 운다
나는야, 시의 적敵이라는 센티멘탈리스트
그래서? 하고 누가 물으면
부끄러워져 또 눈물이 난다

벨 에포크*

비가 설레임으로 다가오는 때가 있었다
장마 속 소낙비가 좋을 때가 있었다
일 년 내내 비가 와도 좋을 때가 있었다

그럴 제 여름에 내리는 비는 얼마나 싱그러운지
비 맞는 나무는 얼마나 관능적인지
눈을 뜨면 눈이 즐겁고
눈을 감으면 귀가 즐거웠다
우산을 쓰고 커피를 마시며 담배를 피우면
오감이 즐거웠고 온 몸이 행복했다

비는 가로등이 켜져도 계속 내렸다
슬며시 황혼병이라도 찾아들고
좋아하는 이들 곁에 있어
살얼음이 된 이 시린 소주 한잔 걸치고
노르스름하게 익은 막창 한 점 청양고추 넣은 양념장
에 찍어 먹으면

열락悅樂이 따로 없었다

방금 내온 계란찜 같은 뜨거운 시간들이
숯불로 조금씩 사위어갔다
〈비와 외로움〉과 〈비와 당신〉이 흘러 나왔던가
비는 밤새도록 별빛처럼 내렸다
아름다운 밤, 아름다운 시절이었다
초록비 없이
에떼**없이도 그러했을까
이제 그곳은 그리움이라는 차표를 가진 자만이 갈 수
있는 곳
시절은 가고 시는 남는다

* 프랑스에서, 19세기 말부터 제1차 세계대전이 시작되기 전까지의 기
간을 이르는 말. 문화와 예술, 과학 기술 등 여러 방면에서 평화와 번
영을 누린 시기이며 프랑스어로 '좋은 시대'를 뜻한다.
** 프랑스어로 여름

2부 | 모든 고독사는 심연이다

나무도 고독사 한다

우리집 뒷산 학산에 오래간만에 올랐더니
팥배나무가 죽어 있었다
봄에 흰 꽃이 배꽃처럼 아름답고
가을 붉은 열매가 팥 만한 팥배나무
이미 몸체를 흰 버섯이 점령하고 있었다
그전까지 멀쩡해 보이던 것이 왜 갑자기 죽어버렸을까?
나는 탐정의 눈으로 주변을 탐색하고 추리해 보았다
주변 다른 나무들은 아무 이상이 없었다
외부 침입의 흔적도 보이지 않았다
범인은 내부에 있는 것이 분명했다
유일한 단서는
이 나무가 이 산의 유일한 개체라는 것
이 산에 역시 한 개체씩밖에 없는
마가목, 덜꿩나무, 해변싸리를 조사하기 시작했다
마가목은 꽃은 피는데 붉은 열매는 달지 못하고 있었다
덜꿩나무는 꽃과 열매 둘다 갖지 못하고 있었다

해변싸리는 나이는 고교생인데 키는 초등학생인 모습
이었다

셋다 비명도 지르지 못하고 조금씩 죽어가고 있었다

범인은 누구였을까?

사건은

고독사로 마무리 지어졌다

마지막 기록은 이러했다

모든 고독사는 심연深淵이다

달개비꽃

8월 산 길섶 접어드니
달개비 푸른 등 들고 날 반기네
나도 화답한다
너의 그 꽃이 지금보다 두 배만 더 컸더라도
꽃의 역사가 바뀌었을지도 모른다

활극 하나 돌아간다
지록위마指鹿爲馬와 양두구육羊頭狗肉이 다시 유행하는 시절
냉동인간이 좀비가 되어 오야붕질을 한다
윤똑똑이들이 판을 치고 미친 개들이 날뛴다
강마다 피가 홍건하다
민란이 일어나고 세상은 다시 바뀐다

가장 낮은 자리에서 어둠을 밝히는
바리데기 같은 꽃이여

이름이 천하다고 꽃이 천하겠는가
망이, 망소이 같은 꽃이여
이름이 천하다고 사람이 천하겠는가

도토리거위벌레

7~8월쯤 참나무 아래에 가보면
잎과 도토리가 달린 채 잘려진 참나무 가지들이
무수히 땅에 떨어져 있다
태풍이 지나간 것도 아닌데 누가 해마다
이렇게 가지치기를 하나

도토리거위벌레의 짓이란다. 도토리 속에다 드릴 같은
주둥이로 구멍을 내 알을 낳고 그 도토리를 먹고 자란 알
들이 유충으로 살아갈 수 있도록 예비해주는 것. 누구는 '도
토리 낙하산 육아법'이라고 말했다. 작은 주둥이로 가지를
자르는 게 어디 쉬우랴. 모성애인지 부성애인지 잘 모르겠
지만 독특한 방식이다. 본능이겠지만 새끼를 생각하는 그
마음 나름 갸륵하다. 물어보고 싶은 게 많은데 수백 번 가
도 한 번도 얼굴을 보여준 적 없다.

보이지 않는다고 해서 없는 것은 아니리

숲을 일렁이며 다가와 가을을 만드는
바람처럼

겨울숲

참나무 잎의 반은 낙엽이 되고
반은 겨우내 계속 달려 있다
소나무가 상록수도 아니면서 라고 한 마디 한다
참나무는 어쩌라고 대꾸한다

눈 온 뒤 풍경을 유심히 살펴보면
잎이나 가지에 눈이 쌓이는 쪽은
참나무 같은 활엽수가 아니라
의외로 소나무 같은 침엽수다
소나무 가지가 폭설에 자주 부러지는 이유를 알겠다

소나무들 사이 나이든 신갈나무 한그루
목이 차바 뻐닥한 소나무들에게 그 눈 버리라 한다
소유는 짐이라 충고한다
소나무는 따를 생각이 없어 보인다

다시 바람이 분다
소나무는 흰 송홧가루를 피워 올려
그해 두 번째 꽃을 피우고 의기양양하다
소나무는 그 맛으로 사는 모양이다

다른 나무들은 제 앞가림 하기 바쁘다

그래도 이마 맞대고
옹근 숲 이룬다

앞산 능선 한 자락

8층인 우리 아파트 거실 창으로 보면
앞에 나란한 아파트 두 동 사이로 앞산 능선 한 자락이
보인다
만약 그게 보이지 않는다면
자동차 트렁크에 실려가는 느낌이 들 것 같다
생각만 해도 가슴이 답답해지고 숨이 막힌다
영화 〈주홍글씨〉(2004)에는 자동차 트렁크신이 몇 분
동안 이어지는데
보는 내내 너무 괴로웠다
눈을 오래 감았는데도 그 신은 끝나지 않았다
감독은 도대체 뭘 말하고 싶었을까
그걸 연기한 배우 이은주는 얼마 뒤 자살했다(2005)
난 이 영화와 이은주의 죽음이 결코 무관하지 않다고
믿고 있다

눈이 피곤할 때나
슬픔이 밀려올 때면 거실에 서서 그곳을 바라본다

오래지 않아 눈이 맑아지고 내 마음의 렌즈도 깨끗해
진다
해마다 한 폭 만추 풍경은 나만의 절경이다
이 풍경을 그림으로 남기고 싶은지 오래 되었지만
언제 그림이 완성될지는 모른다
창 밖으로
봄 여름 가을 겨울이 지나가고
그리운 얼굴이 지나가고
희미한 문장의 뒷모습이 지나가기도 한다
밤에는 능선이 보이지 않지만
계절과 시간이
그리고 인생이 흘러간다

아파트 8층 거실에서 보이는
앞산 능선 한 자락은 내게 언제나
숨구멍이요 평화요 풍경이요 시였다

능소화 질 때

우리 동네 성당 골목 담벼락이 제격이다

건너편에 같은 주황색 원추리 피고

그 발치 달개비 푸른 손수건 흔들면 더욱 제격이다

여름 동백꽃인양 통꽃으로 뚝뚝 땅에 떨어지고

어디선가 저취低吹로 깔리는 대금소리 들리면

지나가다 발길 멈춘 한 사람

떨어지는 것이 꽃잎뿐이랴

자귀나무

6월과 7월 사이에 자귀나무는
우산 같은 꽃잎과 실처럼 길고 아름다운 핏빛 꽃을 자
랑한다
일명 합혼목合婚木 혹은 합환목合歡木이라 한다

자귀나무 꽃을 보면
김시습의 『금오신화』가 떠오르고
그 중에서도 「만복사저포기」와 「이생규장전」이 생각
난다
두 작품의 배경에 피어 있을 듯
양생이 유령인 여인을 처음 만나는 만복사 입구에서
이생이 죽은 최랑과 다시 만난 집 마당에서
그들을 지켜보며 붉게 몸이 다는 자귀나무
이런 경계에 또 피어 있을 듯
사랑과 이별, 우연과 운명, 이승과 저승의 갈림길에서
피눈물 흘리는 자귀나무

자귀나무 꽃을 보면
늘 발길이 머문다
그때마다 영화감독이 되고 싶어진다

대명 유수지에서

억새는 늘 가지런히 머리를 땋는 모범생이다
억새는 터벅머리 갈대가 못마땅하다
억새가 갈대에게 단정치 못하다며 나무라면
갈대는 지지않고 자유도 모르는 놈 하며 대거리한다
심술쟁이 바람은 말싸움에 부채질이나 하고
소외된 달뿌리풀은 시큰둥이가 되어 입술 삐죽 내밀고
있다
멸종위기 야생생물 2급인 맹꽁이는 다 어디로 숨었나
사람들은 시비도 모르면서
억새 앞에서 '김치' '치즈' 하며 사진을 찍는다
웃음 몇 개 허공을 가르면서
배스 가득한 달성습지로 되돌아간다

청설모에게

학산에서 오래간만에 청설모를 만나다
멸종된 줄 알았는데 다시 만나 할애비 손주 보듯 반갑
구나
꼬리 하나 풍성하구나
몸 길이의 절반이다
나무 하나 참 귀신같이 잘 타는구나
원숭이도 하수일 듯
'도토리 줍지 마세요'라는 입간판을 보고도
싹쓸이하는 인간들이 얄밉구나
99마지기 가진 자가 1마지기 가진 자의 땅을 탐한다더니
딱 그꼴이구나
도토리가 사람에게는 골라먹는 별미일 수 있겠으나
누구에게는 목숨줄일지니
도토리 몇 개 주워 땅에 살짝 묻는다
네가 찾아먹든지, 참나무로 자라든지
아무튼 굶어죽지 말고, 배고픈 길고양이 조심하고
오래오래 살아남거라

끼어들기

미친 폭염 피하려고
차를 아파트 뒤쪽 푸조나무 그늘 아래에 세웠는데
다음 날 가보니
차는 온통 새똥 천지다
푸른 똥, 붉은 똥, 큰 똥, 작은 똥 색깔도 모양도 각양각
색이다
한여름에 시든 잎과 부러진 가지들은 또 왜 이리 많나
나도 모르게 욕이 새어 나온다
물휴지로 똥을 닦을 때 문득 내 머리를 치는 생각들
나무 그늘의 진짜 주인은 누구인가?
이곳은 원래 온갖 새들이 쉬면서 똥을 누는 곳
바람 불면 시든 잎, 나뭇가지 떨어지는 곳
누가 끼어들기를 한 것이다
끼어든 놈이 지금 화를 내고 있다
방귀 뀐 놈이 성내고 있다

가을을 완성하는 은행나무의 구린 냄새처럼
세상에 좋은 것은 힘이 든다는 생각이
문득 끼어들기도 한다

신불산에서

신불산 정상에서 사진 찍고
간월산으로 몇 걸음 옮기는 찰나
무엇에 발이 걸렸는지 다리에 힘이 빠졌는지 앞으로 고
꾸라져
산과 딥키스하다
온 세상 아득하다
입 안에서 피가 나고
앞니 하나 흔들린다
손바닥과 무릎은 깨어지고 불난 듯이 화끈거린다
스스로 이해되지 않는 상황들
어이없다

오늘 나를 점찍은 신불산 정령과
화끈하게 정분 나누었네
그렇게 생각하고 웃을 수밖에
화양연화 철쭉도 여기저기서 킥킥거리네

행로 行路

앞산 전망대 구조물에 걸려 있는 수많은 약속의 자물쇠들
같은 것 하나 없지만
하나같이 녹슬어 있다
자물쇠는 바람이 불 때마다 무언가 중얼거린다
이끼 낀 바위는 이렇게 듣는다
'자물쇠는 녹슬어도 사랑은 영원하다'
반지 닮은 나이테를 가진 나무는 이렇게 듣는다
'사랑의 약속은 지켜져야 한다'
역마살이 있는 구름은 또 이렇게 듣는다
'모든 생명들이 태어나는 순간부터 조금씩 죽어가듯이
사랑은 약속하는 순간부터 조금씩 녹슬어간다'
바위와 나무의 문장은 간절하나 허랑하다
구름의 말은 진실하나 탕약처럼 쓰고
너무 슬프다
사랑에 목숨 거는 사람도 있다고 하자
그러나저러나 그 열쇠들은 다 어디에 있을까?
사랑은 지금 어디쯤 가고 있을까?

감 연가

어린 감은 연두여서 예쁘다
늦여름 감은 노랑이어서
가을 감은 주홍이어서
겨울 까치밥은 빨강이라서
예쁘다

언제 어떻게 달려 있어도
저 테니스 공 만한 존재가 하늘을
예쁘게 한다

지나간 사랑이 떠오르기도 한다
세월에 따라 다른
사랑의 색깔들

어쩌다 그때 그곳에 바람이 불었을까

새벽에 눈 떠져 문득 생각해보니
그때가 가장 아름다운 한 순간이었어
그때가 또한 생의 한 절정이었어

어제 우리가 그 길을 그때 우연히 걸어갔고
때마침 바람이 불었고
수백 수천의 은행잎이 노란 눈송이처럼 마구 흩날렸을 때

누구는 춤을 추고
누구는 두 손을 하늘로 올리며 감탄사를 내뱉고
누구는 순간을 찍고
앞서가던 사람은 걸음을 멈추고 뒤를 돌아보았지
손으로 입을 가렸고 눈은 더 커졌지

다음날 누가 청소를 했는지 길은 깨끗해져 버렸지
노란 나비 한 마리 없었지

사진 몇 장 남기고 그 사건은 사라져버렸지
철학에서는 이것은 시뮬라크르*라고 한다지

우리 추억의 수첩엔 이렇게 기록되리니
그토록 아름다운
이따금 사무치게 그리운
순간적인
덧없는

* 순간적으로 생성되었다가 사라지는 우주의 모든 사건. 자기동일성
이 없는 복제를 가리키는 철학 개념. 플라톤은 이런 사건을 가치 없는
것으로 여기는 반면 들뢰즈는 가치 있는 것으로 여김.

3부 | 어떤

어떤 사랑

○○산천어 축제
○○빙어 축제
○○은어 축제…
물살이 동물들을 몰살시키는 것이 축제가 될 수 없듯이
소고기를 먹는 것이 '한우사랑'은 될 수 없을 터
그 말 들으면
소는 어이없어 하고
어떤 사람은 긴가민가하지만
먹는 사랑이 어디 있는가
그 말 다시 들어도
소와 인간을 동시에 기만하는 말
사랑을 모독하는 말
내가 아는
가장 가증스러운 말

어떤 품격

돼지국밥에도 품격이 있더라
의성 단촌에서
마늘돼지국밥을 먹었는데 그랬다
대구 우리집에서 거기까지 왕복 160km
시간과 기름비가 그리 아깝지 않았다
어떤 시간은 건축에 품격이라는 세상에서 가장 비싼 옷
을 입히고*
어떤 시간은 사람에 품격이라는 세상에서 가장 아름다
운 옷을 입힌다
살다보니 그것이 1도 없는 인간도 있더라
몇 년 동안 나라를 쑥대밭으로 만든 어떤 인간이 그랬다
국밥이 그 후안무치에게 묻는다
비교의 치욕을 알기나 하나?

* 임우진(건축가)의 글 변형

어떤 쓸모

오늘 대구간송미술관에서 훈민정음 원본(안동본)을 만났는데 훈민정음 또 다른 원본(상주본)을 갖고 장난치는 배모씨가 떠오르고, 속수무책인 정부 당국이 떠오르고, 연이어 목사가 된 고문기술자 이모씨가 떠올랐다. 갑자기 그 인간이 왜 떠올랐을까? 인간백정 그도 쓸모가 있을까? 상식적인 사람들은 잠깐 웃고 크게 화를 낼지 모른다. 그럼에도 난 문득 문득 그 인간의 쓸모가 생각날 때가 있다. 요즘 시국에는 더욱 그렇다. 나는 내가 실용주의자며 인권주의자라고 자꾸 자꾸 강변한다. 가을 보름달은 그게 아닌데 아닌데 하며 혀를 차고 있다.

어떤 사과

산 초입에서 만난 새
친구가 그 이름을 묻는다
직박구리라 대답하고
제일 못생긴 새, 울음소리도 예쁘지 않다고 하다가 아
차 했다
순간 황희 정승의 소 일화가 떠올랐다
소와 새가 뭐가 다르랴
내가 한 소리를 직박구리도 들었을 것이다
옆에 있던 상수리나무, 애기똥풀도 들었을 것이다
이 새를 예쁘다고 소개한 조류학자도 있었다
내 편견도 편견이거니와
새 면전에서 할 소리는 더구나 아니었다
슬픈 꽁지를 보이며 날아가는 그에게
무조건 사과했다
변명할 여지가 없었다

어떤 민원

목련꽃 그늘 아래서 베르테르의 편질… 목월의 시가 떠오를 정도의 큰 목련이 우리 아파트에 있다. 주민대표자회의에 갔더니 베어내자는 민원이 들어왔다 한다. 이유가 가관이다. 꽃잎이 떨어져 차를 지저분하게 한다나. 나무가 주는 혜택이 있으면 불편함도 있을 수 있을진대 목련꽃 피고지는 기간이 길어야 2주쯤 된 텐데 그걸 못참고 베어내잔다. 청맹과니들이 판을 친다. 참 너무들 한다 말 못하는 나무라고. 어쨌든 이 민원은 기각시켰지만 내년 봄 비슷한 애기가 또 나올지도 모른다. 이런 민원은 언제 들어오나. 배고픈 길고양이들에게 밥 좀 줍시다, 주차장 확보도 좋지만 보기 드물고 자태 수려한 푸조나무는 무조건 살려야한다 뭐 그런

어떤 산

학산에 꽃이 사라진다
학산이 공원화 되면 될수록 야생화는 줄어든다
사람이 뿜어내는 인독人毒과
밤새도록 켜져 있는 전등이 꽃을 떠나보낸다

쑥부쟁이, 이고들빼기, 구절초, 패랭이꽃, 깨풀, 까치깨,
양지꽃, 타래난초, 주홍서나물, 등골나물, 애기자운, 괭이
싸리, 비수리, 별꽃아재비, 뚝갈, 멱쇠채, 조개나물, 이질
풀, 짚신나물, 익모초, 쇠서나물, 하수오, 잔대, 노루발, 사
상자, 도깨비바늘, 솔나물…

갈수록 보기 드물어지더니 이제 아예 보이지도 않는다
바닷속 백화白化현상처럼 학산의 사막화가 진행되고 있
는 듯
산 초입 입간판에는 '건강과 행복 지킴이 학산'이라는데
사람과 개는 늘어나는데

더 이상 꽃이 보이지 않는다
봄보다 꽃이 많다고 하는
여름, 가을이 되어도 꽃이 없다

성주 성밖숲 이천에는 피라미 한 마리가 없고
학산에는 꽃이 없다
물고기 없는 강도 강인가
꽃 없는 산도 산인가

어떤 꿈

거대한 녹색 날개와 긴 침을 가진 모기가
나를 공격한다
물린 자리가 너무 아파 꿈에서 깼다
갈증이 나 물 한 잔 마시고 다시 잠을 억지로 청한다

모기는 생물종을 대표해 앞장서 인간의 독선과 이기심
을 비판한다
모기는 인간에게 죽을 정도의 죄는 짓지 않았지만
괘심죄에 걸려 도륙당한다
살아남은 모기는 돌연변이를 꿈꾼다
기어이 다섯 배쯤 커진 괴물 모기가 탄생한다
괴물모기가 선봉장이 되어 인간을 공격한다

인간 독재의 시간이 너무 길었다
그들의 오만방자함은 도를 넘었다
이제 지구의 모든 생물종은 인간에게 등을 돌린다

지구를 사랑하지 못한 죄
더불어 살지 못한 죄
지구에서 살 자격을 잃은 인간들은 지구에서 추방된다
동식물 공동 제국이 들어선다
지구는 다시 평화와 녹색을 되찾는다

다시 꿈에서 깬다
학질이라도 걸린 듯 오한이 난다

어떤 질문

동네 뒷산 오르다 만난
작디 작은 분홍색 쥐꼬리망초꽃
그거 최소 1만개는 모여야
모란꽃 한송이 크기가 되리
꽃의 크기도 식물의 생존 전략의 하나라고 배웠다
관심 전략은 꽃의 크기를 늘이고
무관심 전략은 그 반대다
꽃들에게 물어본다
꽃들도 계급이 있나?
꽃들도 갑질을 하나?
꽃들도 우월감이나 열등감을 가지나?

시방 질문이 씹히고 있다
주변 꽃들은 그냥 빙그레 웃고 있고
석양은 지려하고
집이 어딘지 푸른부전나비들은 칠락팔락 길 가고 있다

어떤 만남

산에서 어떤 여자분을 만났는데
처음 보는 우리에게 자기 전생前生을 다 얘기하는 듯하다
과거형으로 말하지만 현재진행형으로 들린다
점쟁이는 아니지만
충분히 이건 알겠다
그 여자분이 왜 매일 혼자 산에 간다고 하는지
외로움과 상처의 뿌리는 어디인지

외로움은 얼굴에 묻어 있다
한 외로움은 다른 외로움을 조금 쉽게 알아보지만
무슨 말을 쉽게 하랴
상처는 말 속에 숨어 살지만
그 사람이 가장 많이, 자주 하는 말이
바로 그것임으로 쉬 드러나버린다
우리는 고개를 끄덕일 뿐이다
갈림길에서

우리는 서로 웃으며 잘 가세요 한다
그녀는 내일 또 누구를 만나 전생을 얘기할까
단감 못된 땡감이 언젠가 홍시가 될 수 있듯이
매일 산에 간 덕분에 건강은 얻었을까

어떤 시간

학산 본봉 정상에 나의 케렌시아*가 있다
연리지 굴참나무가 소담히 서있고
그 아래에는 늘 그네를 꿈꾸는 흔들벤치가 있는 곳

그곳에서
내가 제일 좋아하는 시간은
9월 말 굴참나무 열매가
죽비소리처럼 탁탁 땅에 떨어질 때
잠시 뒤 도토리가 말쑥하고 단단한 얼굴을 깍정이에서
내밀 때
멀리 앞산이 친구처럼 푸른 이를 드러낼 때

검은 별이 떠오르는 시대, 흉흉한 탁류 속에서도
바람 언덕, 억새 같은 존재의 흔들림 속에서도
한 조각 아름다운 시 같은 시간은 있다

* 스페인어로 '투우 경기장에서 소가 잠시 쉬면서 숨을 고르는 장소'라는 뜻으로 자신만의 피난처 또는 안식처를 이르는 말

어떤 가을날

가을 하나가
아파트 벤치 내 옆에 다가와 앉는다
하늘은 높고 바람은 시원하고
뜨거운 붕어빵은 맛있고
단풍은 곱고
처음 보는 아깽이는 옆에 다가와 재롱을 부린다
이거 참 멋지고 기쁜 일이다
행복의 주소를 몰라도
곁에 사람 있지만 곁에 없어도
삶은 더러 오늘처럼
아깽이 얼굴처럼 오묘하다
마주보는 피라칸타 빨간 열매가 풍경 사진을 찍고 있다
오늘은 내가 배경이다
하늬바람 지나가면
11월의 발목에 각양각색 낙엽 쌓인다

어떤 나라

어디서 많이 본 장면 같다
이 나라는 어느덧 20세기 독일이 되어버렸다
네군君는 영락없는 히군君가 되었다
살육의 피해자가 한 푼 밑지지 않는 가해자가 되었다
희한하다
광기와 폭력은 어떻게 탄생하는가
제주도 5분의 1정도 크기라는 가자지구에
200만 명이 넘는 사람들을 몰아넣고서 대체 무슨 짓을
하고 있나
그 업보를 어찌 다 감당하려고 하나
안네 프랑크가 안다면 저 별에서 매일 통곡하리라
언젠가 그들은 그들의 신으로부터 먼저
외면받을 것이다

어떤 직업
- 유하진 군 기사*를 보고

법관들이 죽은 나무 같은 법전을 읽을 때
의사들이 썩은 이빨과 장기들을 들여다 볼 때
우리는 일생 가장 아름다운 얼굴들과 함께
책을 읽었다
점심시간에는 우아한 백합나무 아래를 걷곤 했다
비가 오면 수업을 잠시 멈추고 빗줄기를 감상했다
대구에 흔하지 않은 눈이 오면 운동장에 나가
눈 위에 짧은 시를 쓰기도 했다
돈도 권력도 명예도 없었지만
어떤 것도 부럽지 않았다
어떤 것에도 꿀리지 않았다
직업에 귀천과 우열이 없고
미의 기준 달라도
아름다운 직업은 있을 수 있으리
아무도 알아주지 않아도
그저 뿌듯하고 자랑스러웠던 젊은 국어교사 시절

여고 교정에서의 한세월

천직이면서 아름다웠으니 더 무얼 바라랴

지금도 이 길 찾는 청춘에 영광 있으라

* 경기도 화성 병점고 3학년. 2026 수시전형에서 모대학 의대에 합격
했지만 국어교사가 되기 위해 모대학 사범대에 진학하기로 결정했다
는 뉴스(KBS)

4부 | 얼마나 운이 좋은가

지구를 웃게 하는 한 방법

비 올 때 우산 쓰는 것처럼
태양이 이글거릴 때 양산 쓰는 것
이보다 자연스러운 일 어디 있으랴
여기에 여자 남자, 서양 동양 구분이 무슨 의미 있나
체면 깎이는 일도 아니다

양산의 장점을 생각나는 대로 적어 볼작시면
양산은 그늘 메이커
폭염의 심장을 뚫고 지나가는 창
갑자기 소나기 내리면 우산이 되는 트랜스포머
양산은 선크림을 머쓱하게 한다
양산은 땀을 줄인다
그만큼 에어컨, 선풍기, 세탁기, 에어드레서… 사용이
줄고
　전기 사용이 줄고
　시대 대세어인 탄소 감축과 만난다

양산은 대프리카*도 견디게 한다
양산은 부채와 콜라보로 바람을 만든다
양산은 기후 시민의 초대장
양산은 쓸모왕
또 뭐가 있을까요?

남자분들, 양산 좀 씁시다
양산은 여름과 폭염의 필수 아이템
지구의 땀을 씻어줍니다
지구를 웃게 합니다
지구를 살립니다

* 대구+아프리카

발랄한 공

한 가지 색은 지루하다
언제나 노란 테니스 공은 이제 지겹다
물이 묻으면 이내 진흙색이 되어 잘 보이지도 않는다
기분 따라 시간 따라 날씨 따라 계절 따라
각기 다른 색의 공으로 테니스를 치고 싶다
무지개색 정도면 충분하리
슬픈 날에는 빨간 공으로 랠리하고 싶다
기분 좋은 날에는 파란 공으로 서브 넣고 싶다
우울한 날에는 갈맷빛 공으로 스트록 하고 싶다
그리운 날에는 보라색 공으로 스매싱 하고 싶다

비오는 목요일이면
실내구장에서 테니스를 치고 싶다
한 가지 색은 재미없지 않느냐
세트마다 다른 색 공으로 치고 싶다
좋아하는 사람들과 맥주도 한잔 마시며

희희낙락 공을 치고 싶다
맨날 똑같은 인생은 식상하지 않느냐
들깨풀 향기 같은 시간이 흐를 때
한숨 같은 세월은 잊어도 좋으리
로빙으로 가볍게 공중을 날으는 발랄한 공이면
더욱 좋으리

기다림을 맛보다

7월에 주로 나오는 여름사과 아오리는
연녹색이고 껍질이 두텁고 맛은 아주 쌔그랍다
냉동부사도 끝날 즈음이라
아오리는 언제나 익기도 전에 출시된다
덕분에 우리는 아오리의 정체를 제대로 본적이 없다
이번에 끝까지 제대로 익은 아오리가 있다는 정보를 듣고
기꺼이 경북 어느 과수원으로 날아갔다
나무에 그대로 달려있는 아오리의 진면목을 처음으로
보았다
아름답게 붉은 것이
육질은 달고 새콤하고 부드러웠다
알천이 따로 없었다
같은 아오리라도
천양지차라는 말은 이런 때 쓰는 것이었다
기다림을 맛보는 동안
발그레한 가을이 이제사 서쪽으로 물러나고 있었다

기대에 대하여

기대는 속이 빈 대게 다리 같은 것
먹을 게 없다
먹을수록 허기진다
기대는 화려한 화장을 하고 다닌다
푸석한 맨얼굴을 가리지만 금방 들통이 난다
기대는 더러 거짓말도 한다
사과하는 법은 없다
기대는 곱상한 얼굴 덕분에 자주 파티에 초대 받는다
떠난 뒤 쓰레기만 남긴다
기대의 옆구리는 자주 김밥처럼 터지고
기대의 솟을대문을 들어가면 실망의 개구멍으로 나온다

기대없이 무슨 재미로 사나?
동감이오
진박새 깃털 같은 기대가
유쾌히 늪과 강을 건너게 한다오

그해 폭염

폭염의 군홧발은 강했다
입추, 처서 뚫리고
추석까지 뚫리고
9월 하순이 되어서야 점령군이 퇴각했다

가을이 피투성이로 겨우 오긴 했다
겨우는 가을 목구멍 가장 깊은 곳에서 나는 신음 소리
였다

겨울, 계엄이 선포되었다
폭염 같은 혹한이 시작 되었다
사람들은 그제서야 알기 시작했다
그해 폭염은 그해 겨울
계엄의 예행연습이었다는 것을

집

저 많은 아파트 중에 왜 내 집은 없을까?
내가 2~30대에 가장 많이 한 생각 중 하나였다

생밤을 깎아 먹는다
밤벌레가 너무 많다
밤바구미나 밤나방 유충이란다
어떤 것에는 여러 마리가 들어 있다
짜증이 나다가 문득 이런 생각이 든다
이것은 원래 누구의 집인가?
먼저 입주한 자는 누구인가?
한 가족인가?
공동 주택인가?
뒤늦게 허락도 없이 포크레인 같은 밤가위를 들이미는
자는 누구인가?
졸지에 집은 잃은 그들에겐
이유도 모르고 죽는 것 말고는 다른 길이 없다

밤도 누군가에겐 집이다
먹고 자는 곳
간절한 곳
목숨 같은 곳

오늘 나는 무소불위의 힘으로
이미 수십 채 남의 집을 박살냈다
조금씩 밤이 불편해지더니
기어이 입맛이 십리나 달아나버렸다

지도紙島를 위하여

통영과 거제 사이에
봄까치꽃 같은 섬 하나 있으니
사람들은 이 섬을 지도, 즉 종이섬이라 부른다
하루는 바다가 그립고
또 하루는 육지가 그리워
지금도 언제나 그 자리 지키고 있다
임란 때에는 이순신 장군과 수군들을 숨죽여 지켜보았
으리
일년 사시 바다는 늘 잔잔하고
철마다 잊지 않고 찾아오는 진객 있으니
봄 도다리, 여름 감성돔, 가을 전어, 겨울 노래미
이들 따라 새들과 사람들이 또 찾아오는
돌고래 닮은 귀여운 섬
푸른 하늘 푸른 파도 입맞춤하는 날이면
통영오광대처럼 춤추는 큰재산山 나무들
섬은 사람을 부르고 사람은 섬을 노래한다
지도, 무궁하리

탑과 돌

강가 평지에 서있는 탑을 본 적이 있는가

영양 반변천 바로 옆 밭 가운데 탑이 하나 서 있다

이름은 영양 산해리 5층모전석탑 일명 봉감탑

1977년 국보로 지정되다

통일신라시대에 지어지고 최근 보수공사를 했다는데

시간의 터널을 지나 우뚝 서 있다

이암(泥岩)으로 된 벽돌이라 붉은 기운이다

투박하지만 장엄하다

보는 순간 이런 생각이 든다

누가 왜 이런 골짜기에, 이런 강가에 탑을 세웠을까

고구려의 공격도 이미 사라졌는데?

물을 다스리기 위하여?

어느 돈 많은 지역 유지의 불사佛事?

신라인들 혹은 이곳 사람들이 간절히 희구한 무엇이 있

었겠지만

문헌기록이나 전해오는 이야기들은 없단다

궁금증은 쌓여가지만 의문은 뒤로 두고
반변천에서 내 주먹보다 조금 작은 돌 하나 득템해 집
에 도착한다
탑과 같은 이암이다
돌에 검정 유성펜으로 이렇게 쓴다
봉감탑 부근 반변천. 돌이 탑을 닮다. 모양도, 색상도,
느낌도. 수석 아니라도 보물 같은 돌.

내 방 책상 위에도 작은 탑 하나 세워진다
언젠가 탑은
천년의 비밀을 내게 들려줄 것이다

예순에 대하여

- 환갑을 맞은 신대환에게

예순이라는 나이
묘하다
어쩌면 늙은 나이
어쩌면 젊고도 젊은 나이
선뜻 받고 싶지 않지만
기어이 집 찾아오는 탕아 같은 나이
오십대가 무척 무서워하는 나이
칠십대가 살짝 부러워하는 나이
등산하기 좋은 나이
오르막길엔 두 손이 뒷허리로 슬며시 가는 나이
굴참나무 단풍잎 빛깔 같은 나이
예순이 되어본 사람만이 아는 나이
살다보면 소문보다 꽤 괜찮은 나이
쓸쓸한 아름다움을 알 나이
세상 공부하기 좋은 나이
더 이상 속지 말아야 하는 나이

하여 누군가의 말처럼

어떻게 살아왔든

오래 살수록 인생이 더 아름다워지기를

계란 후라이 하나

혼밥의 시간
김치뿐인 식탁에
어떤 하나가 밥상을 풍성하게 한다
흰색과 노랑의 단순한 화음
나름 견고한 자세
따뜻한 냄새
두세 사람 있는 듯한 온기
새롭지는 않지만 질리지 않는 맛
시든 오감이 살아난다
외로움은 팔자요
그리움은 통증이지만
너 하나 덕분에 밥 먹어간다

우체국 가는 길

우체국에 가는 발걸음은 언제나 공기 빵빵한 풍선 같다
연애편지 보내는 시대는 흑백영화처럼 오래전 지나가
버렸지만
우체국 가는 길은 여전히 연 날리는 마음
받는 마음이 보내는 마음 만하랴

시골 부모가 도시 자식에게 서리태 한 되라도 보내기
위해
일년 농사 복숭아를 지인에게 보내기 위해
애써 주은 작은 알밤을 친구에게 전하기 위해
가난한 시인이 자기 시집을 누군가에게 알리기 위해
가는 그곳은
보내는 마음이 보름달처럼 둥실해지는 곳
보내는 만큼 돌아오지 않더라도
때로는 응답이 없을지라도
지름길을 두고 에움길로 굳이 가는 뜻은

사랑하는 책을 아껴 읽는 마음

각시붕어, 각시붓꽃 동정同定할 때의 마음

일기에 대하여

수십 년 매일 일기를 써왔다

일기는
내 몸에 대한 기록이다
하품과 트림과 방귀도 주연이다
내 기호와 취향과 고독에 대한,
흑역사와 부끄러움과 욕망에 대한 기록이다
때로는 떠오르는 시구를,
죽은 자들의 이름과 나이와 병명을,
검은 카르텔과 국운과 가공할 로봇, 아틀라스의 능력에
대해 쓰기도 한다
하여 내 모든 것과 세상의 한 조각에 대한 기록이다

일기는 자유다
자유는 사랑하고 좋아하는 것을 스스로 하는 것
누가 내게 일기를 못 쓰게 한다면

한 달을 어이 견디리

일기는 재미다
재미 없으면 어찌 수십 년을 쓸 수 있었으리
지나간 일기를 읽는 것도 어면 소설보다 재미있다
이건 일기를 써본 사람만 안다

일기는 자화상이다
매일 내 얼굴 보게 되니 덜 뻔뻔해졌다
덕분에 인간 말종은 면한 것 같다

일기는 나의 그림자다
죽기 전까지 일기를 쓸 것이다
죽기 전에 일기를 모두 불 태울 것이다

매일 일기를 쓰면서

일기에 대한 시가 하나도 없다는 것은
이상하고 일기에게 미안한 일이다
이 시가 조그마한 사과문이 될지 모르겠다

얼마나 운이 좋은가

날이 너무 더우니
학산에도 사람이 없네
그 대신
짝짓기라도 하는 듯 웅성거리는 직박구리 떼를 만나고
미동도 없이 명상하는 노린재 한 마리 사진도 찍어주고
뿌리맛이 무지 쓰다는 고삼苦蔘을 보며
쓰면서 단 우리 인생 한시절, 고삼高三을 떠올리기도 한다
한눈판 사이 굶주린 산모기에 물린 종아리가 화끈거린다
이싸의 하이쿠 하나 생각난다
〈얼마나 운이 좋은가/올해에도/모기에게 물리다니〉
이 짧은 시의 도저한 맛!
한여름 산 정상에서 맛보는 아이스 홍시 같다
　그렇구나, 나도 운이 좋아 살아 있어 오늘 이렇게 모기
에게 물렸구나
　모기에게 물린다는 것은
　운이 좋아 살아남은 자들의 특권

고난의 세트도 운이 좋아 살아 있는 자들이 받는 비싼
선물
　　모기가 용서되고
　　내 몸이 고마워지고
　　죽은 친구가 떠오른다

　　그러니 이제 어찌하리
　　나의 정언 명령을 만들어 보자
　　죽음을 부정하지 않으면서 삶을 긍정하라
　　1장도 만들자
　　우선 감사의 쪽문부터 열고
　　바람같이 자유롭게
　　저녁 노을처럼 아름답게
　　요즘 배우고 있는 탁구 랠리처럼 재미있게 살자
　　PS: 저지름의 미학도 배우자

시인은 센티멘탈 밸류를 사랑하는 사람

차미영(문학평론가, 수필가)

눈 위의 짧은 시

여고 시절 기말고사를 끝낸 7월의 교정에 영화 러브 스토리의 〈눈장난〉 OST가 울려 퍼졌던 날이 있었다. 시험이 끝난 해방감과 밀려오는 허탈감 사이로 〈눈장난〉의 선율이 한여름 소나기처럼 서늘하게 들려왔다. 그 아스라한 기억을 불러낸 시한 편이 박우현 시인의 신작 시집 『나무도 고독사 한다』에 실린 「어떤 직업」이다.

"우리는 일생 가장 아름다운 얼굴들과 함께 / 책을 읽었다. (…) 대구에 흔하지 않은 눈이 오면 운동장에 나가 / 눈 위에 짧은 시를 쓰기도 했다"

이 시를 읽는 동안, 여름날 오후의 떠들썩한 교실과 눈 내린 교정이 한꺼번에 떠올랐다.

「어떤 직업」은 의대에 합격하고도 국어 교사의 길을 택한 어느 학생의 기사를 읽고 쓴 시다. 그 선택을 응원하는 시인의 목소리에는 교단에 섰던 뿌듯함이 남아 있다. "여고 교정에서의 한세월/ 천직이면서 아름다웠으니 더 무얼 바라랴/ 지금도 이 길 찾는 청춘에 영광 있으라" 같은 시구가 그 마음을 잘 전한다.

그는 대구에서 시를 써 온 시인이며, 내게는 고등학교 시절 국어를 가르쳐 준 은사다. 어느 날 운전하는 차 안에서 그의 대표작 「그때는 그때의 아름다움을 모른다」가 낭송으로 흘러나오는 것을 우연히 들었다.

"죽음 앞에서 모든 그때는 절정이다/ 모든 나이는 꽃이다/ 다만 그때는 그때의 아름다움을 모를 뿐이다"

라디오 볼륨을 올리려는 손이 떨렸다. 그 아릿한 순간을 나는 잊지 못한다.

센티멘탈 밸류sentimental value라는 말이 있다.

① 남들에게는 중요해 보이지 않지만 개인에게는 특별한 역사나 감정이 담겨 있는 정서적 가치 혹은 그 가치를 담고 있는 것(김은형 기자, 한겨레신문 2026. 2. 23자)

② 금전적인 가치는 없어도 개인적인 추억 때문에 소중하게 여기는 가치(블로그, 제제)

이런 뜻을 가지고 있다. 박우현 시인은 이런 세계에 관심이 많아 보인다. 그래서 이 말을 개념의 틀로 삼고 이번 시집을 한번 들여다 보고자 한다.

봄이 오는 길섶에서

박우현의 『나무도 고독사 한다』 1부에 '이름'이 눈에 띄는 시편들이 있다. 이름 하나가 기억을 데려오고, 그 기억은 미안함과 그리움에 가 닿는다. 「센티멘탈리스트」, 「모감주나무」, 「정인에게」 세 편을 골라 읽어 본다.

그의 시는 솔직하고, 재미있고, 톡 쏘는 듯한 맛이 있다. 이따금 눈물이 스며든다. 이를 한 번에 보여 주는 시가 「센티멘탈리스트」다. 시인이 스스로를 '시의 적敵'이라 부르는 건, 눈물이 앞서는 자신을 가감 없이 인정하는 고백이다. 이름 앞에서 감정이 먼저 반응하는 자신을 숨기지 않고, '그래서?'라는 물음에 다시 부끄러운 모습을 드러낸다.

내게도 마르지 않는 눈물샘 하나 있다
이름만 불러도
이름만 들어도
눈물이 나는 두 사람이 있다
우리 엄마 정임이와 아기꽃 정인이
명배우들은 감정만 잡아도 눈물이 난다는데
나도 이때만큼은 명배우가 된다
이름만 불러도 이름만 들어도
언제 어디서나 눈물이 난다
밥 먹다가도 머리 감다가도 운다

나는야, 시의 적敵이라는 센티멘탈리스트
그래서? 하고 누가 물으면
부끄러워져 또 눈물이 난다
– 「센티멘탈리스트」 전문

이 시에서 눈물샘을 여는 건 '정임'과 '정인' 두 이름이다. 정임은 어머니의 이름이고, 정인은 우리 사회가 잊지 못할 어린아이의 이름이다. 시인은 두 이름 앞에서 흔들린다. 그 흔들림은 「모감주나무」와 「정인에게」서 어머니와 정인이를 다시 마주하게 한다.

모감주나무를 좋아한다
다른 이유 없다
그 이름이 좋아서다
(…)
6월 말쯤 노란 꽃이 피면
아들이 좋아하는 감주를 늘 만들어 주신
우리 엄마가 생각나는
사소한 이유 때문이다
사람은 가고 미안함과 그리움은 남아
– 「모감주나무」 부분

「모감주나무」에서 시인은 모감주나무를 좋아한다고 말한

다. 이유는 단순하다. '그 이름이 좋아서'다. 6월 말 모감주나무에 노란 꽃이 피면 아들이 좋아하는 감주를 만들어 주던 어머니가 생각난다. '사소한 이유'라는 시구는 바로 '미안함과 그리움'에 닿는다. 어머니를 그리워하는 애틋함이 짙게 배어 있는 「모감주나무」다.

봄이 오는 길섶에서
눈물꽃 정인이 보고 싶구나
연두의 정인이 보고 싶구나
봄의 손 잡고 걸어오는 정인이 보고 싶구나
(…)
정인이 쏙 닮은 봄맞이꽃 하나
피-어-나-고 있다
ㅡ「정인에게」 부분

「정인(2019~2020. 10. 13)에게」는 봄이 오는 길섶을 따라 매화꽃, 살구꽃, 꽃다지, 꽃마리 같은 봄꽃을 하나씩 부르며 정인을 떠올린다. 꽃 이름을 이어 부르다가 정인의 이름에서 한 번 멈춘다. 그 멈춤 뒤로 '보고 싶구나'가 반복되고, '눈물꽃', '연두', '봄의 손' 같은 시구들이 정인에게로 향한다. '피-어-나-고'처럼 끊어 쓴 표현은 읽는 속도를 늦춘다. 봄이 오는 길섶에서 정인의 이름을 천천히 부르는 동안 시적 화자의 비감이 더 깊어진다. 그의 눈물은 센티멘탈 밸류이지만 개인사를 넘어서고 있다. 1부의 센티멘탈 밸류는 주로 사람과 관련되어 있다. 시인의 의도적 배치로 보인다.

나무의 고독사와 청설모의 미래

박우현 시인에게 '학산'은 자연이 먼저 말을 걸어 오는 공간이다. 이번 시집에도 학산을 배경으로 한 시가 여러 편 실려 있다. 그중 2부에 실린 이 시집의 표제작 「나무도 고독사 한다」와 「청설모에게」를 골라 읽어 본다.

팥배나무가
죽어 있었다
(…)
이미 몸체를 흰 버섯이 점령하고 있었다
그전까지 멀쩡해 보이던 것이 왜 갑자기 죽어버렸을까?
(…)
유일한 단서는
이 나무가 이 산의 유일한 개체라는 것
이 산에 역시 한 개체씩밖에 없는
마가목, 덜꿩나무, 해변싸리를 조사하기 시작했다
마가목은 꽃은 피는데 붉은 열매는 달지 못하고 있었다
덜꿩나무는 꽃과 열매 둘다 갖지 못하고 있었다

해변싸리는 나이는 고교생인데 키는 초등학생인 모습이었다
셋다 비명도 지르지 못하고 조금씩 죽어가고 있었다
범인은 누구였을까?
사건은
고독사로 마무리 지어졌다
마지막 기록은 이러했다
모든 고독사는 심연深淵이다
ㅡ「나무도 고독사 한다」 부분

「나무도 고독사 한다」는 한 그루 팥배나무의 죽음을 '사건'
으로 삼아 원인을 캐묻는 방식으로 시작한다. 화자는 탐정의
눈으로 주위를 살피지만, 뚜렷한 이유를 잡지 못한다. 남은 단
서는 팥배나무가 이 산의 유일한 개체라는 점이다. 역시 유일
한 개체인 마가목, 덜꿩나무, 해변싸리도 꽃과 열매의 순환이
끊기고 성장이 멈춘다. '심연'은 그렇게 소리 없이 깊어지는 단
절의 시간이다.

'도토리 줍지 마세요'라는 입간판을 보고도
싹쓸이하는 인간들이 얄밉구나
99마지기 가진 자가 1마지기 가진 자의 땅을 탐한다더니
딱 그꼴이구나
도토리가 사람에게는 골라먹는 별미일 수 있겠으나
누구에게는 목숨줄일지니

도토리 몇 개 주위 땅에 살짝 묻는다
네가 찾아먹든지, 참나무로 자라든지
– 「청설모에게」 부분

이 시는 도토리 앞에서 드러나는 인간의 욕심을 문제 삼는
다. 안내문이 있어도 싹쓸이를 멈추지 않는 모습에서, 탐욕이
다른 생명들의 먹이를 어떻게 빼앗는지가 그대로 드러난다.
사람은 도토리를 '별미'로 먹지만, 청설모에게 그것은 '목숨줄'
이다. 같은 도토리라도 누구에게는 취향이고, 누구에게는 생
존이다. 화자는 그 차이를 확인하고 도토리 몇 알을 '살짝' 흙
에 묻어 둔다. 그 도토리는 청설모의 먹이가 될 수도, 참나무로
이어질 씨앗이 될 수도 있다.

이 두 편의 시는 존재의 고립이 죽음으로 갈 수도 극복으로
갈 수도 있다는 것을 보여 주고 있다. 그의 센티멘탈 밸류는 자
연으로 열려 있다. 「도토리거위벌레」「겨울숲」「어떤 질문」 같
은 작품에서도 확인된다.

어떤 통증에서 시작되는 것들

3부에 실린 '어떤' 시편들 중 「어떤 사과」와 「어떤 꿈」 두 편
을 함께 읽는다. 두 시는 사소한 계기에서 출발한다. 산길에서
무심코 내뱉은 한마디, 꿈속에서 모기에게 물린 통증이 화자

의 감각을 깨운다. 그 순간 화자는 멈칫하고, 자신이 자연과 타자를 대하는 태도를 되짚는다. 「어떤 사과」는 직박구리를 두고 던진 성급한 말이 남긴 책임을 사과로 마무리하는 시다.

내가 한 소리를 직박구리도 들었을 것이다
옆에 있던 상수리나무, 애기똥풀도 들었을 것이다
이 새를 예쁘다고 소개한 조류학자도 있었다
내 편견도 편견이거니와
새 면전에서 할 소리는 더구나 아니었다
슬픈 꽁지를 보이며 날아가는 그에게
무조건 사과했다
변명할 여지가 없었다
–「어떤 사과」부분

이 시에서 친구에게 던진 말이 직박구리에게로 향하고, 곁의 상수리나무와 애기똥풀까지 함께 듣는 듯하다. '예쁘다고 소개한 조류학자'가 등장하는 순간, '못생김'이라는 단정은 취향과 편견의 문제로 바뀐다. 그래서 화자는 이렇게 말한다.
"무조건 사과했다 / 변명할 여지가 없었다."
부끄러움과 미안함이 남고, '슬픈 꽁지를 보이며' 멀어지는 뒷모습이 오래 눈에 밟힌다.
「어떤 꿈」은 악몽을 빌려 인간 중심 질서의 끝을 상상한다. 다음 연에서 그 상상이 직설적으로 이어진다.

인간 독재의 시간이 너무 길었다
그들의 오만방자함은 도를 넘었다
이제 지구의 모든 생물종은 인간에게 등을 돌린다
지구를 사랑하지 못한 죄
더불어 살지 못한 죄
지구에서 살 자격을 잃은 인간들은 지구에서 추방된다
동식물 공동 제국이 들어선다
지구는 다시 평화와 녹색을 되찾는다
 -「어떤 꿈」부분

시인은 생태주의자의 입장에서 자연을 응시한다. 이 연에서 '죄'는 두 번 반복된다. "지구를 사랑하지 못한 죄"와 "더불어 살지 못한 죄"다. 자연을 대하는 태도와 공존의 실패를 각각 책임으로 묻는다. 그래서 "지구는 다시 평화와 녹색을 되찾는다"는 시구도 곧장 위로로 이어지지 않는다. '추방'이 함께 나오기 때문이다. 꿈속에서 모기에게 물린 통증으로 잠에서 깬 화자는 마지막에 오한을 겪는다. 그 오한은 '평화와 녹색'이 추방을 전제로 한다는 사실을 몸으로 받아들이는 반응이다.

사소한 계기에서 시작해 화자의 태도를 되묻게 한다는 점에서 두 시는 통한다. 사소한 것에서 성찰을 이끌어내는 것이 그의 미덕이 아닐까 싶다. 「끼어들기」「어떤 민원」「어떤 산」 같은 작품도 같이 읽을 수 있겠다. 사소하지만 사소하지 않은 세계가 센티멘탈 밸류이다.

매일 오늘을 쓰고 삶을 긍정하다

4부는 쓸모왕 양산과 발랄함을 꿈꾸는 테니스 공처럼 가까운 생활 소재로 시작해서 「그해 폭염」에 이르러 폭염을 군홧발과 점령군에 빗대고 겨울의 계엄을 겹쳐 놓는다. 그는 현실을 외면하지 않는다. 「trouble maker」「달개비꽃」「어떤 품격」「어떤 나라」 등에서 확인할 수 있다. 그리고 마지막 2편의 시에는 그의 인생관이 오롯이 드러나있다.

일기는
내 몸에 대한 기록이다
하품과 트림과 방귀도 주연이다
내 기호와 취향과 고독에 대한,
흑역사와 부끄러움과 욕망에 대한 기록이다
때로는 떠오르는 시구를,
죽은 자들의 이름과 나이와 병명을,
검은 카르텔과 국운과 가공할 로봇, 아틀라스의 능력에 대해 쓰기도 한다
하여 내 모든 것과 세상의 한 조각에 대한 기록이다
 ― 「일기에 대하여」 부분

「일기에 대하여」에서 이 연은, 시인이 일기장에 무엇을 써 왔는지를 자세히 펼쳐 보이는 대목이다. 하품과 트림과 방귀

까지 '주연'으로 올려놓는 순간, 일기는 자기 몸의 사소한 일까지 숨김없이 적는 노트가 된다. 몸에서 시작한 기록은 기호와 고독, 흑역사와 욕망을 지나 죽은 자들의 이름과 병명, 국운과 로봇에까지 닿는다. 일기장 한 권에 개인의 속내와 세상의 소식이 한꺼번에 들어온다. 이런 흐름 끝에 시인은 일기를 '자유'와 '재미', '자화상'과 '나의 그림자'로 부른다. 수십 년의 습관이 이런 정의를 만들었다.

그러니 이제 어찌하리
나의 정언 명령을 만들어 보자
죽음을 부정하지 않으면서 삶을 긍정하라
1장도 만들자
우선 감사의 쪽문부터 열고
바람같이 자유롭게
저녁 노을처럼 아름답게
요즘 배우고 있는 탁구 랠리처럼 재미있게 살자
PS : 저지름의 미학도 배우자
– 「얼마나 운이 좋은가」 부분

이 시는 이싸의 하이쿠 "얼마나 운이 좋은가/올해에도/모기에게 물리다니"에서 제목을 가져온다. 시인은 이 짧은 시가 주는 '도저한 맛'을 한여름 산 정상에서 맛보는 '아이스 홍시' 같다고 말한다. 사소한 불편을 불평으로 키우지 않는 화자의 유

머가 느껴진다.

인용한 마지막 연에서 중심에 놓인 행은 "죽음을 부정하지
않으면서 삶을 긍정하라"다. 메멘토 모리보다 메멘토 비타가
먼저 떠오르는 행이다. 죽음을 기억하되, 삶을 더 크게 기억하
라는 주문이 이 연을 이끈다. '1장'도 이어지며 이 다짐은 날마
다 이어 갈 루틴이 된다. '감사의 쪽문'은 그 약속을 여는 첫 문
이고, '바람같이/저녁 노을처럼/탁구 랠리처럼'은 덕목을 감각
과 연습으로 옮겨 놓는다. 마지막의 'PS, 저지름의 미학'은 이
결심에 탄력을 더해 무엇이든 한 번 해보려는 호기심과 의지
를 덧붙인다. 일기와 시만한 센티멘탈 밸류가 또 어디 있겠
는가.

시인은 센티멘탈 밸류를 사랑하는 사람

박우현 시인의 『나무도 고독사 한다』에 속한 시편들을 읽는
동안, 여고 교정에 울려 퍼지던 '눈장난' 선율이 가슴을 스쳤다.
내가 개인적으로 좋아하는 시는 「나의 첫」 「벨 에포크」 「자귀
나무」 「예순에 대하여」 같은 작품들인데 이번 글에 언급하지
못해 아쉽다. 다음 기회로 미룬다.

그의 시는 일상에서 출발해 삶의 태도와 윤리를 묻고, 센티
멘탈 밸류를 지키고, 마지막에는 삶을 긍정한다. 센티멘탈 밸
류에 대한 관심은 결국 약자에 대한 관심일 것이다. 사람뿐만

아니라 모든 지구생명체에 대한 관심말이다.

앞선 두 시집 『그러나 후회는 하지 않았다』와 『그때는 그때의 아름다움을 모른다』에서 보여 준 생명에 대한 태도는 감상으로 머물지 않고 삶을 버티게 하는 태도로 확장되었다. 신작에서도 그 결이 이어지며, 현실과 사회를 바라보는 시선은 더 단단해졌다. 사소한 존재들의 존재 이유를 밝힌 것이 이번 시집이 아닐가 싶다. 또한 이것이 그의 시의 존재 이유가 될 것이다.